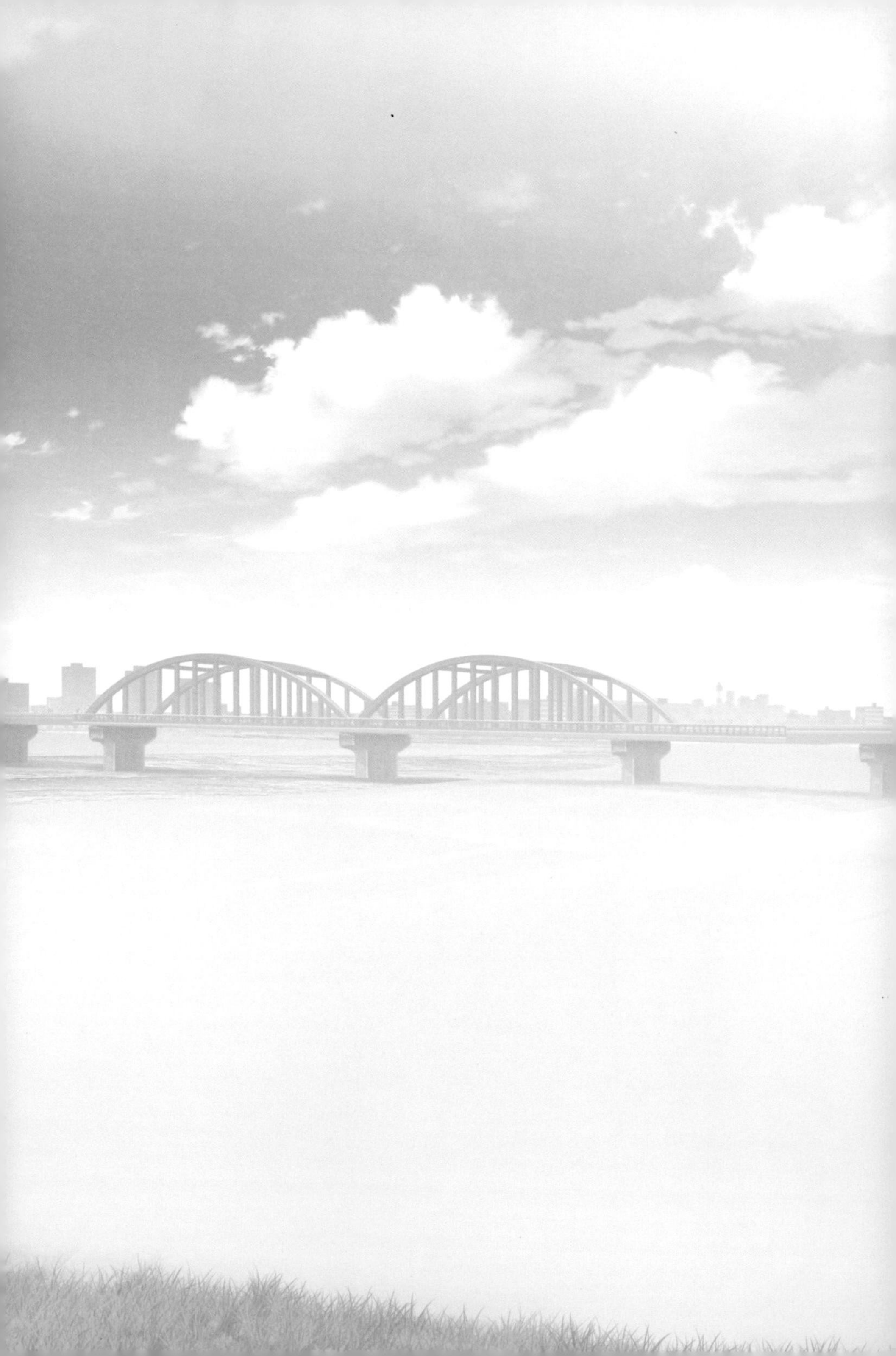

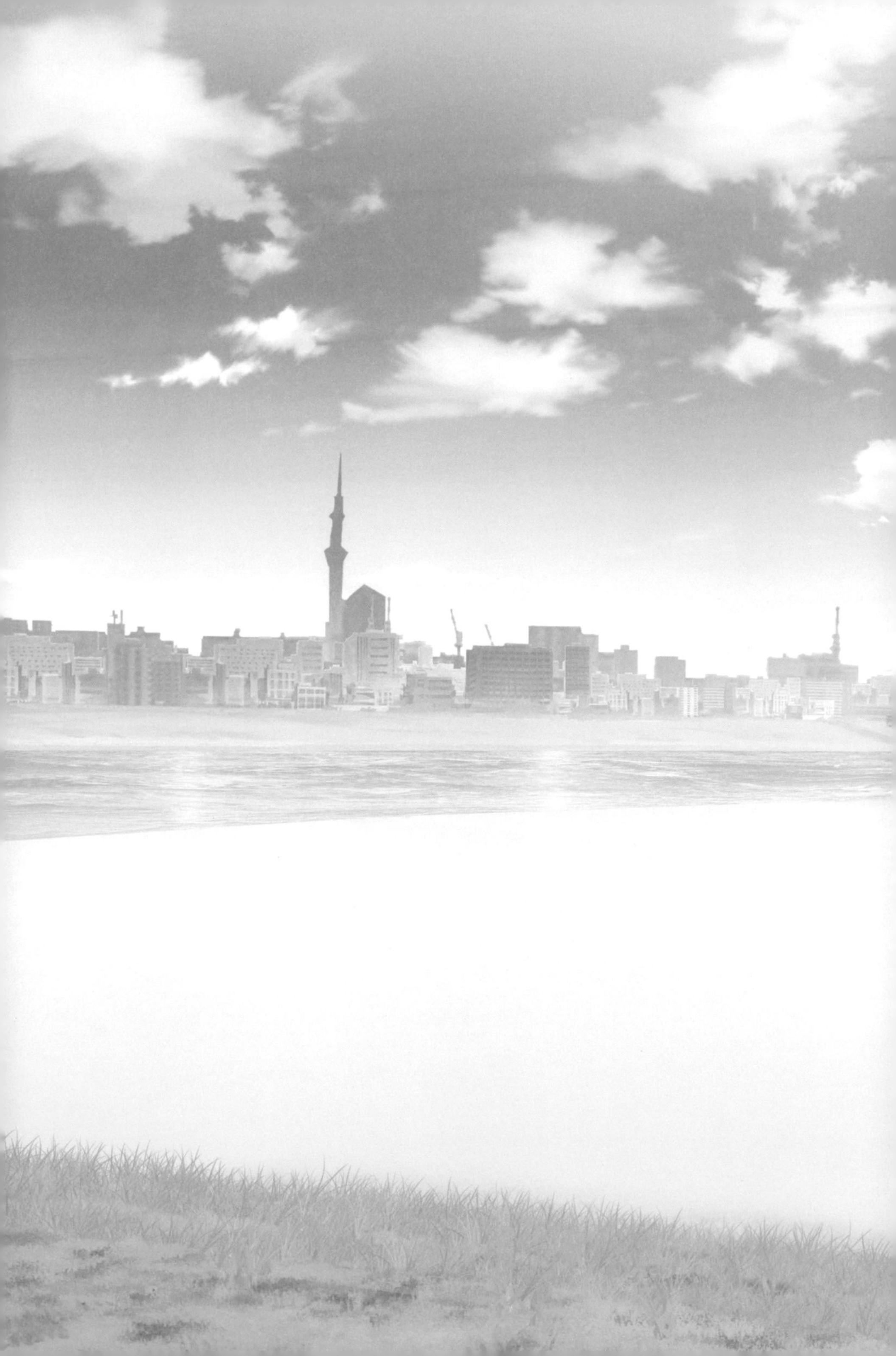

藏在心裡的疤
管家琪◎著 郭莉蓁◎圖

推薦序

態度決定了人生高度

許建崑（前東海大學中文系教授）

管家琪老師「有品故事系列」套書十冊出齊了！最先發行的《膽子訓練營》、《勇敢的公主》、《粉紅色的小鐵馬》三本書，似乎是帶領著讀者勇敢的跨進四年一班教室。

第一本，藉著新來的同學丹禎放下「隱形朋友」，與班上同學融為一體，作為故事的軸心；卻也可以看見班導陳老師照顧學生的耐心與膽識。第二本，為了班級話劇比賽，全班同學卯足全力，選角、扮演、排戲，還真熱鬧。可是在演出前夕，發現與隔壁班的戲碼相同。扮演公主的繽繽必須變通，而班上的同學又能齊心合作，達成任務，勇敢、機智、合作的特質，呼之欲出。第三本，主題看似「繽繽學車記」，說明

「堅持就能成功」。可是呢？管家琪老師利用繽繽三次與粉紅小馬相伴的夢境，帶來優美而迷離的氣氛；又讓陳老師引導同學思考「二十年後的我」，寫下短文，而文中的每個小小志願，都像一朵朵綻開的蓓蕾，令人讚嘆。

四年一班的故事，當然不只這些！七本新書，帶給我們更多的訊息。

班長巧慧是陳老師的好幫手，冷靜、理性，擁有強健的心理素質，家庭的教養給她很大的助力。在《椅子會唱歌？》中，劉家大厝改建，伯叔重聚故里，儘管三兄弟的成就大有不同，與父親曾有的互動，有百依百順的，有爭執衝突的，也有抱憾在心的，但都是因為「愛」的緣故啊。巧慧跟著爸爸、媽媽回家，與堂哥、堂妹去老宅探險，聽見椅子搖擺的聲音，還以為是爺爺的靈魂回來，坐在椅上搖啊搖。全家人對爺爺的思念，都在不言中。

與巧慧最要好的同學繽繽，綽號「冰淇淋」，卻有完全不同的性情，活潑、感性，勇於嘗試，也敢於認錯。因為作文本沒拿回來，忘了寫作文，跟老師謊報作文本丟在公車上。管家琪老師以《對面的怪叔叔》為題，創造一位拖稿未交的鬍子作家，謊稱照顧一隻從樓上跌下來的貓；來對比繽繽說謊的行為。誠實真好，說謊很累人，因為「每說一個謊，要用二十個謊言來掩飾」呢！

看見同學養寵物，繽繽也動心。《懷念小青》故事寫下繽繽養了兩隻小烏龜，最後不敵病菌感染，雙雙去了天國。繽繽把心中的遺憾說給楊校長聽；回家後，她要去幫助鄰居的森森，好好照顧小白狗。

養寵物之外，繽繽陪奶奶在陽臺種蔬菜，也是個新鮮的經驗。樓下森森的外婆有志一同，也來種菜，森森卻想「揠苗助長」，讓菜苗長高一點。在《好預兆》中，還有兩條脈絡：第一、福利社的阿姨很生氣，因為她的孩子龍龍為了做直銷，回家要錢；第二、爸爸的朋友老鬼，以「算命」為手段，誘引爸爸加入直銷。故事結束在校園開出了一片農田，請龍龍來負責耕作，讓班上的孩子也來實習。精緻的結構，說明勤勞才有結果，想「一步登天」要不得。

故事中有四個比較搶眼的男生。幼稚園大班的森森，常有些滑稽舉動，添加笑點，不過他卻比繽繽先學會騎腳踏車呢。

李樂淘與李家富是一對班寶，有點像美國好萊塢影片中的喜劇雙人組合勞萊與哈台。樂淘喜歡搧風點火，家富則是大喇叭，兩人可以把小小事情掀成狂風暴雨。那一天，陳老師帶一箱雞蛋來教室，發給大家「照顧」，好體會父母撫養子女的辛苦。不到半天，很多人打破了，就來搶其他同學的雞蛋。恰好隔壁班的宋小銘來串門子，他銳利的眼睛，發現樹上有個鳥巢，班上同學又爭相爬樹去看小鳥。混亂的場景，無法收拾，還驚動了楊校長。這就是熱鬧的《保護寶貝蛋》！

宋小銘家教較嚴，奶奶強迫他假日陪伴去市場撿寶特瓶，被同學傳述，覺得很丟臉。他把奶奶做的小紅布包送給了繽繽，卻讓森森的外婆發現，小布包的製作人曾有幫助窮人的義舉，新聞報導過。原來，小銘的奶奶勤儉、積聚，並不是自私自利的行為。《紅色小布包》一書中，說明了勤儉的美德，也間接暗示家人更須相互溝通了解。

最熱鬧的故事是《藏在心裡的疤》。班上同學鬧事，訓導主任要班長記下名字，巧慧獨漏了繽繽的名字。樂淘為什麼會起鬨呢？家富為什麼要生氣呢？繽繽又如何加入戰局呢？巧慧做出不誠實的行為，該怎麼對陳老師負責呢？恰巧陳老師的國中同學何美麗來訪，勾出當年化學實驗課誤傷美麗，留下永遠疤痕的往事。沒有人不會犯錯，但犯了錯就該坦承道歉，好好溝通，自然可以贏回友誼。

透過這十本書，管家琪老師把四年一班的師生給寫活了，但她也想要點出這些孩子的性情都是原生家庭培養出來的，如果家庭和睦，夫妻、婆媳、父子、母女溝通良好，孩子自然健康、開朗，未來也會有良好的處世態度。而「態度決定了人生的高度」，就是管家琪老師投入「有品故事系列」書寫最大的目的吧！

自序

心兒寬寬，日日晴天

管家琪

寬恕別人，首先獲益的就是自己。因為只有寬恕了別人，我們的心態才會平和，因此才會有「寬恕別人就是善待自己」這樣的說法。

世間真正不能寬恕的事情，恐怕還是少數的吧，大多數的糾紛應該都是可以寬恕的。尤其是在別人已經先誠懇認錯之後，如果還不能寬恕別人，這樣的人通常是沒有自省能力的，不能意識到在自己身上也可能存在著某些問題。所謂「怨天尤人」就是這樣的人，遇事總是怨天怨地，千錯萬錯都是別人的錯，從未檢討過自己；其次，就是沒有仁愛心的人，不能將心比心，不能體諒「人非聖賢，孰能無過」，所以才總是揪著別人的過錯，不肯讓事情過去。

當然，沒有原則的寬恕並不是我們提倡的，那樣容易流於鄉愿（表面忠誠謹慎，實際上欺世盜名的人）。我想說的是，鼓勵孩子們心胸寬大，懂得寬恕，應該還是一件好事吧。

目錄

出場人物

李宗富
小平頭、身型瘦小，個性開朗，是班上的大嘴巴。

劉巧慧
四年一班的班長，冷靜、理性，而且細心，是班導陳老師的好幫手。

李樂淘
好動，是班上有名的調皮鬼，下課時常在走廊上追趕跑跳。

林齊繽
小名繽繽，個性活潑、喜歡挑戰不同事物。和巧慧是最要好的同學。

何美麗

陳老師的國中同學，人如其名長得相當美麗，難能可貴的是，她的心也很美。

陳老師

本名陳小靜，本系列核心人物，四年一班導師，對教學充滿熱情。

潘老師

陳老師的媽媽，退休的小學老師，擁有豐富的教學經驗。

巧慧的心事

這天，放學後，巧慧沒有像往常一樣和繽繽一起回家。

「老師叫我去辦公室幫她整理資料。」巧慧說。

「哦，那我就先走了。」

走了兩步，繽繽又回過頭來叫了一聲：「巧慧！」

「嗯？」

巧慧突然感到有一點緊張，難道……

不過，繽繽只是看著她，小聲的說了一聲：「謝謝。」

「沒……沒有啦。」巧慧趕快推推眼鏡，想要掩飾一下心裡的不安。

看著巧慧一副吞吞吐吐的模樣，陳老師更加確定巧慧一定是有什麼心事。

「你一定有事，」陳老師說：「沒關係的，跟老師說，什麼都可以說。」

是啊，自從陳老師擔任四年一班的班導師以來，就經常告訴小朋友「什麼都可以跟老師說」。

陳老師覺得，小孩子之所以會撒謊，往往是迫於壓力，因為太過害怕被罵甚至被打，所以謊話才會脫口而出。不管平日是多麼乖巧的孩子，一旦面臨巨大的壓力，心理一下子承受不了，就很可能會說謊，想要藉此為自己擺脫困境。也就是說，陳老師一直認為，只要別給孩子那麼大的壓力，同時允許孩子犯錯，讓孩子知道在承認錯誤時，不會遭到非常嚴厲的懲罰，這樣一來，就沒有撒謊的必要，也才有機會自發性的改正錯誤。

「可是……我還沒想好該怎麼說……」

「不用考慮太多，照實說就好了。」

說著，陳老師就把那些複印資料先放在一邊，「走，我們去外面走走。」

要讓孩子敞開心扉，也需要提供一個可以讓孩子放鬆的環境。陳老師覺得在辦公室裡的人這麼多，附近還有別班的小朋友正在可憐兮兮的挨罵，在這樣的情況下巧慧當然不容易傾訴，還是趕快把巧慧帶出去，師生倆在校園裡散散步，或許巧慧會比較容易開口。

一個名叫美麗的女孩

陳老師一進家門，母親馬上就迎上來，關心的問：「今天怎麼回來得比較晚啊？」

「是啊，跟學生談心，不知不覺就忘記時間了。」

「學生才四年級，你就已經可以跟他們談心了？」

陳老師聽得出來母親的語氣裡有一點揶揄的味道，這也難怪，母親做了一輩子的教師，前兩年才剛剛退休，對於老師這一行，自然會有很多自信的權威意見，偏偏這些權威意見又總是得不到女兒的認

何況楊校長也沒有必要跟自己說這種客套話，就讓女兒按她那一套去試試看吧，看看究竟能夠走得多遠，如果女兒真的能夠走出屬於自己的一條路，那也是很好的事啊。

不過，身為老師，畢竟不能太過「脫俗」，很多事情還是得注意。譬如現在，做母親的就想到一件重要的事。

「你把學生留得這麼

晚……」

「不是故意要留的啦。」

「我知道，不過孩子總是比平常晚回去這麼久，孩子路上安全吧？而且，你有沒有跟孩子的家長說一下啊？」

「有啊，我親自給家長打了電話，解釋了一下。」

「家長沒怪你吧？」

「沒有。」

「那就好。對了，你同學美麗打過電話來，她說打你手機沒人接，想約你晚上聚聚。」

「美麗？何美麗？」陳老師有些意外。

「是啊，就是以前常常來我們家玩的那位。」

「哦，大概是我正在和小朋友談心吧，手機不在身邊，後來我趕著回家，也沒留意。」

說著，陳老師掏出手機檢視一番，發現的確有一通美麗的來電。

「美麗有說找我什麼事嗎？」

陳老師心想，手機打不通就打到家裡來，這麼積極，應該是有重要的事吧。

「她說怕你換了手機號碼，就打到家裡來問問。還有，她來這裡出差，今天下午剛到，還說晚上有一場飯局，晚飯後想約你聚一下。你趕快過來先吃飯吧，吃完就可以隨時去跟美麗碰面了。」

可是，陳老師一點也不急，還在慢吞吞的脫鞋、放書、放包包，顯然並不急著要去見老朋友。

美麗是陳老師的國中同學，小時候兩人很要好，可是長大以後愈來愈少聯繫了，特別是這幾年。現在突然聽到老同學的消息，想到馬上就要見面，陳老師有一種措手不及的感覺。

陳老師想著，上一次見到美麗好像是兩、三年以前了吧？

一想到美麗，陳老師馬上就想到她頸子上的那一道疤……

美麗來訪

有一句話說，「心美，一切都美」。首先從美麗的外表來看，就已經是人如其名，長得相當美麗，更難能可貴的是，她的心也很美，使得美麗從小在同學們的心目中一直是個接近完美的女孩，就連她的幾個好朋友譬如小靜（這是陳老師的名字），只要在她身邊都可以感受到她的魅力。

可惜，世間大概真是沒有百分之百的完美吧，有一次在上化學實驗課時發生了一次意外，美麗被灼傷了，從此就在頸部留下了一個褐

色的疤痕。

幾乎每一個人都說，實在是太可惜、太遺憾了，那麼漂亮的女孩，頸部居然有一道那麼難看，甚至可以說是有一點可怕的疤……

就在陳老師吃過晚飯，正準備給美麗回電的時候，手機響了，就像是心有靈犀似的，是美麗打過來的。

小時候，她們之間經常會有這樣的心有靈犀，經常才剛想到對方，對方就忽然出現在自己的眼前。當然啦，這也是因為當時兩家住得近，女孩子要好起來又簡直像是連體嬰似的，好像一分一秒都捨不得分開，就算是放了學回到家，兩個人也還是經常往對方的家裡跑，這也就增加了「心有靈犀」的頻率。

美麗在電話中問老同學是不是還住在老地方，說她現在正巧就在附近，乾脆直接過來好了，畢竟她也想看看陳媽媽。

沒多久，美麗就來了，一進門就笑咪咪的說：「哎呀，小靜，怎麼你一點也沒變呀！陳媽媽，您的精神也還是那麼好！」

陳媽媽則笑得更開心，「美麗呀，你這張小嘴怎麼還是這麼會說話。」

在陳老師看來，老同學才是真的一點也沒變……不，仔細再看兩眼就會覺得美麗還是變了，似乎變得更漂亮了！因為除了天生麗質之外，一身「都市粉領」模樣的美麗，看起來也挺時髦的，尤其是她脖子上所繫的那一條藍紫色的絲巾，不過，當陳老師的目光一停留在那

條絲巾上時，馬上就想到了什麼……

正這麼想著，美麗就說：「好熱啊，在外面跑了一天，累死了。」

然後，就解開那條絲巾，順手掛在椅背上。

一道怵目驚心的疤痕立刻就露了出來。

陳老師忍不住緊緊盯著那道疤，內心充滿了疑惑：奇怪，這道疤痕怎麼好像比印象中還要大？

「怎麼啦？真的這麼可怕啊？」看著老同學有些吃驚的表情，美麗倒是不以為意，微笑的說：「在外頭的時候我還會遮一下，現在就不用啦，還是涼快舒服一點比較重要。」

「我怎麼覺得……這個疤好像……變大了？」

「是嗎？我不覺得呀，」美麗用手摸了摸那道疤，「可能是我們這幾年太少聯繫、見面機會太少的關係吧，如果我們經常見面，你看多了可能就見怪不怪了。」

「或許吧。」陳老師覺得美麗這番分析確實蠻有道理。

「不過，」美麗半開玩笑似的說：「有時候我會覺得它的樣子好像不太一樣了，以前看起來像毛毛蟲，現在看起來像草履蟲。」

瞧美麗說得這麼瀟灑，陳老師卻沒有辦法也跟著那麼輕鬆，因為，美麗的這道疤，始終讓她有一種深深的愧疚感。

想到這裡，陳老師提議：「我們出去散散步吧，前面的公園不久前才完工，很不錯，在空地上走走很舒服。」

陳老師的母親也熱烈支持這個提議，「是啊，是啊！出去走走吧，現在的變化真的很大。去公園走一圈，待會兒回來正好吃水果。」

她老人家向來是很樂於讓這些遊子了解家鄉的變化。

美麗很隨和，立刻爽快的站起來。在出門之際，她看了一眼那條

剛才解下來的絲巾，似乎是在考慮要不要把它重新繫上，但是，只考慮了兩秒鐘，就決定還是讓它繼續留在椅背上。

坦誠

跟老同學在一起的感覺實在很奇妙，每次只要大家一聚在一起，總是很容易就忘了自己現在的年齡，也忘了自己現在的身分（譬如現在是老師或是公司經理等等），而彷彿立刻又回到了從前。

就像現在，陳老師覺得自己不是「陳老師」了，已經在不知不覺中變回了「小靜」。

就在那一次化學實驗課發生意外以後，小靜心裡始終有一個很大的困惑，雖然時光一天一天的消逝，轉眼之間都已經過了這麼多年，埋藏在小靜心中的謎團卻始終還存在著，不但不曾消失，也不曾淡去，甚至還像美麗脖子上那道竟然會長大的疤痕一樣，變得愈來愈大……

特別是現在，美麗就在自己身邊，小靜覺得那個困惑已經巨大到自己無法再忽視、更無法再假裝看不到的地步……

「喂，小靜，你在發什麼呆啊？好像都沒聽我說話嘛。」

剛才，美麗正在嘰嘰喳喳跟小靜報告自己上個月到香港出差時，在街頭戲劇化的巧遇了幾個國中老同學。不料她講得興高采烈，講了半天這才忽然發現身旁的小靜根本就沒有反應。

這是怎麼回事啊？

「小靜，你有心事嗎？」美麗停下來，關心的問。

小靜咬咬牙，決定就這樣豁出去吧；今天無論如何一定要說出來。

「有一件事……我一直想跟你說……」

「嗯？什麼事？」

「我……我一直懷疑……」

「懷疑什麼？」

「那一次的意外……」

「什麼意外？」

「當年化學課的意外啊。」

「哦，化學課！怎麼樣？你說你懷疑什麼？」

「我懷疑……我一直懷疑……是不是因為我不小心加錯了什麼藥水，才會造成那次的意外。」

啊！終於說出來了！

這短短的一句話，壓在小靜心頭這麼多年，現在終於說出來了！

小靜突然覺得，說出來好像也沒有想像中那麼困難。

現在，就等著看美麗的反應了。

美麗會不會大發雷霆，暴跳如雷呢？即便這樣，小靜也打定主意，無論美麗如何痛罵自己，絕對都不能回嘴。

美麗是該生氣的，自己也應該被譴責，尤其是當年事故發生以後，與美麗同一組做實驗的小靜把責任推得一乾二淨，堅決否認事故可能會與自己有關；當時的她實在不敢想像，萬一承認了可能與自己有關，萬一這個禍有可能是自己所闖下的，那接下來自己該如何向爸

爸媽媽交代？他們不氣死才怪！而且，以後自己又該如何面對美麗和她的父母呢？

然而，在聽了小靜這番表述之後，美麗顯得很平靜，臉上隨即出現一種恍然大悟的神情，「哦，怪不得！怪不得我總感覺你後來好像開始跟我漸行漸遠……你當時是有意疏遠我嗎？」

「我也不知道，或許有一點吧。」

美麗笑了一下，拉著小靜的手，「小靜，你怎麼這麼傻，我跟你說，其實我早就把那天的事情在腦海裡重複溫習了無數遍，我早就覺得應該是你不小心，才會發生那次的意外。」

「真的？你早就這麼想了？」小靜很驚訝，「那你怎麼從來沒說過也沒問過我呢？」

「我只是這麼覺得，總感覺比較像是你不小心，可是我也沒有確切的證據呀，或許真的是我自己不小心呢！再說，事情都已經發生了，追究這個有什麼意義？我只是受了一點傷，而且疤痕還不是留在臉上，已經是萬幸了！應該感謝老天保佑了。」

「可是……你平時都繫著絲巾，我還以為這表示你非常非常的在意……」

「當然也不能說一點也不在意啦，我只是盡量看淡一點，畢竟天底下的可憐人這麼多，我這點傷算不了什麼。繫著絲巾，主要是不想讓人家老是盯著這個疤，這樣在工作上，特別是在開會的時候，很容易讓大家分心，再說……」

美麗稍稍的停頓了一下，輕鬆微笑道：「現在繫著絲巾已經成了我的造型，是註冊商標啦！我有好多好多條絲巾呢，什麼衣服都能找到適合的絲巾做搭配。」

「那麼……」小靜鼓起勇氣追問道：「如果真的是因為我的不小心造成的，你會原諒我嗎？」

「當然！這有什麼問題，我們是好朋友啊！」美麗挽著小靜，繼續在公園漫步，「別盡說我的事了，說說你吧，你當老師好像當得還挺不錯的啊，不嫌那些小鬼煩嗎？」

「不會呀，我覺得小孩子就算煩人，但可愛的時候還是比較多的。我尤其喜歡跟他們在一起談心……」

說著，小靜感覺自己的心態一下子又不一樣了，又突然變回了「陳老師」，在不知不覺中，心思又飄回到班上孩子們的身上。

陳老師心想，明天一定要跟林齊續談談，奇怪，林齊續向來那麼乖巧，今天怎麼會這麼失控呢？還有李樂淘和李家富，也要注意一下……

男女大戰

今天早上，老師們都被臨時通知要去開會，就在陳老師離開教室之後不久，四年一班發生了一場紛爭，起先只是一場小糾紛，但不知道怎麼搞的，很快就演變成一場「男女大戰」。

一開始，只是「二李」（李樂淘和李家富）帶頭打鬧，本來也只不過是鬧著玩的，但當李家富嘻皮笑臉的猛抓李樂淘的頭髮，念經似的叫了好幾聲「洋蔥頭，洋蔥頭」，而李樂淘回敬了一句「總比你的小平頭好看，小平頭難看死了」以後，李家富就忽然翻臉了。

「你幹嘛啦！」李家富生氣的瞪著李樂淘。

其實李樂淘明明知道李家富很不喜歡自己的髮型，他自己也不喜歡，因為李樂淘小時候到理髮店時，老是被爸爸強迫剪小平頭，理由是小平頭看起來很有精神。幸好這兩年爸爸總算是「改過自新」了，可是，李家富的爸爸卻還是很固執，所以，到現在李家富即使不喜歡，還是得天天頂著一個小平頭。也就是因為這個緣故，剛才李樂淘那一句「小平頭難看死了」，正好碰觸到李家富心裡的「地雷」。

本來，只要李樂淘趕快道個歉，表示自己是無心的，只是隨口亂說一句，很可能就沒事了，畢竟他們倆本來就是好朋友啊，可是，李家富那一句「你幹嘛啦！」吼得那麼大聲，李樂淘忽然覺得如果自己

YARKI
1970

馬上道歉，好像太沒面子了。

儘管只是四年級的小朋友，其實也會有「面子」問題。

於是，李樂淘幾乎是連一秒鐘都沒有多想，就立刻硬著頭皮堅持道：「本來就是嘛！小平頭本來就最難看了！」

「你還說！」李家富更氣了，隨手抓起自己新買的那塊方方大大的橡皮擦，就朝李樂淘扔了過去！

李樂淘一閃……橡皮擦不偏不倚砸到了林齊纘！

「哇！」纘纘痛得叫了起來！

李樂淘趕緊回頭對纘纘說：「對不起，對不起啊！」

如果是平常，纘纘可能只會瞪李樂淘一眼，頂多再罵一聲「你怎麼這麼討厭」之類就過去了，可是呢，繽繽今天心情不好，火氣似乎特別大，一邊揉著被橡皮擦砸到的額頭，一邊凶巴巴的瞪著李樂淘，開口罵道：「討厭鬼！洋蔥頭！」

這下子，李樂淘也不開心了，立刻回敬：「我『洋蔥頭』，你還『冰淇淋』呢！」

繽繽本來就很不喜歡別人拿自己的名字來開玩笑（『林齊繽』倒過來念的話就像『冰淇淋』啊），於是就更生氣了。

「洋蔥頭！洋蔥頭！你最煩了！」

李樂淘立刻來一招「鸚鵡學舌」，「冰淇淋！冰淇淋！你最煩了！」

「你最煩！」

「你最煩！」

這樣對吼了幾個回合，繽繽實在拿李樂淘沒有辦法，情急之下，氣急敗壞的抓起本子就朝李樂淘丟過去，結果被李樂淘閃過，又砸到另外一個男生的頭！而那個男生就像是本能反應似的，立刻也抓起本子回擊！

接下來，就像是一場連鎖效應，其他人都一股腦的加入了戰火，整間教室充斥著各式各樣的本子和文具，同時伴隨著男、女生的叫聲齊飛，澈底形成了一場混戰！

就在大家鬧得不可開交，班長巧慧的喉嚨都快喊啞也維持不了秩序的時候，訓導主任突然板著臉出現在教室門口，大吼一聲：「吵什麼吵！老師不在就鬧成這個樣子！一點規矩也沒有！」

隨後，訓導主任叫班長把剛才吵鬧的同學名字通通記下，送到訓導處來！

巧慧只好照做。不過，她刻意漏掉了繽繽的名字。

關於這一點，經過大半天的掙扎，巧慧最終還是在放學後跟陳老師坦承了自己的錯誤。

巧慧一直記得爸爸的提醒，做班長一定要大公無私。因此，儘管身為好友，知道繽繽今天為什麼會為了這麼一點小事而崩潰，其中也是情有可原，繽繽平日並不是一個調皮搗蛋的同學。可是，站在班長

五
自然
音樂
數學

值日生

的立場，她知道自己其實不應該故意漏報繽繽的名字。

幸好陳老師不只原諒她，還寬慰她，巧慧覺得心情好受多了。

但是，也僅僅只是好受了那麼幾秒鐘。沒多久，巧慧想到……

明天她該如何面對繽繽呢？繽繽如果知道自己已經向老師誠實報告，會不會氣死？會不會從此就不理自己了？

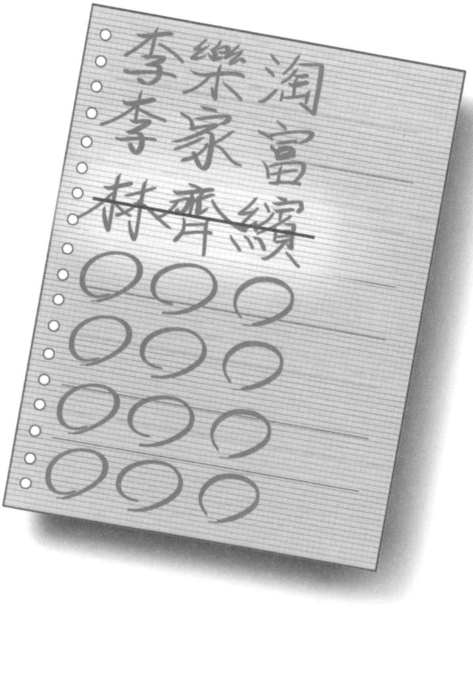

繽繽的擔心

繽繽一進家門，奶奶就覺得繽繽不太對勁，小臉臭臭的，一副悶悶不樂的樣子。

「怎麼啦？寶貝？」

「我知道什麼叫做『出氣』了。」繽繽垂頭喪氣的說。

有一次，媽媽為了一點小事把繽繽大罵一頓，事後跟繽繽解釋說，其實是因為她自己心情不好，不小心就拿繽繽出氣。當時，繽繽對於媽媽的解釋似懂非懂，但是現在……經歷了今天在學校裡的風波之後，對於媽媽那次的解釋，繽繽突然非常明白了。

她覺得自己今天之所以會對李樂淘那麼生氣，就是因為不知不覺中找李樂淘出氣，否則事後想想那只是一件小事，根本不值得自己生那麼大的氣啊。繽繽覺得，如果是在平時，自己是肯定不會那麼容易發火的。

繽繽還記得，那次媽媽一邊跟她解釋，一邊道歉，而她儘管對

於媽媽的解釋似懂非懂，可是當媽媽對她說「原諒媽媽好嗎？」，繽繽立刻真心的回應媽媽說「好啦，沒關係啦」。

孩子們對爸爸媽媽往往都是很寬宏大量的。

但是，繽繽現在有一點擔心，自己明天是不是應該跟李樂淘解釋一下，他會不會接受自己的解釋？會不會原諒自己先拿本子丟他？

奶奶耐心聽繽繽說完整個事情的經過，包括巧慧沒有記錄繽繽的名字後，對繽繽說：「我覺得你還應該去跟老師認個錯。」

「那……老師會不會罵巧慧啊？」

「這個嘛……」奶奶想想，也對呀，繽繽一去跟老師認錯，老師會不會回過頭來怪巧慧沒有盡到班長的本分、做好班長的工作呢？

「要不然你就先去跟巧慧說好了，跟她商量一下，說謝謝她想保護你的好意，但你還是決定去跟老師自首。」

繽繽想了一想，老氣橫秋的說：「唉，看來也只好這樣了。」

「乖，不要煩惱，以後注意一點就是了。」

說著，奶奶就催繽繽趕快放好書包，先來吃晚飯，冬瓜排骨湯是剛剛才熬好的。

繽繽在往房裡走的時候，想到一件事。

「媽媽有沒有打電話回來？」

「沒有啊，怎麼了？」

「沒有就好，」繽繽說：「奶奶你忘啦？那次媽媽要離家出走前，有先打過電話回來。」

哦，奶奶想起來了；小倆口在同一所學校教書，自從結婚以後兩個人每天都是一起上班、一起下班，但是有一天，好像是在兩三年前吧，因為兒子、兒媳在前一天晚上吵架，吵得特別凶，結果兒媳在當天傍晚打了一通電話回來後，沒等兒子下班，就一個人離開學校跑回娘家去了。

奶奶的心裡有些吃驚，沒想到繽繽把這個事記得這麼清楚，但表面上她還是想要解釋一下，「你媽媽那次不是離家出走啦，她只是回娘家。」

繽繽卻說：「怎麼不是？我看電視上都是這樣演的，不先講一下就不回家，就叫做『離家出走』，而且很多女生只要離家出走都會回娘家。」

「哎，你這個小鬼，真說不過你，」奶奶說：「你別管這麼多了，趕快先來吃飯吧。」

「人家我也不想管呀。」繽繽嘟著嘴，悶悶不樂。

這其實就是繽繽今天心情不好的原因，因為爸爸媽媽昨晚吵架了。

繽繽的心意

雖然繽繽的爸爸媽媽並不是經常吵架，但是每次聽到他們吵架，繽繽都很害怕，也很傷心。

因為爸爸媽媽在吵架的時候，簡直就像完全變了一個人，那副凶巴巴的樣子看起來真的好可怕，也好難看。繽

繽不喜歡這樣的爸爸媽媽。

不過，印象中，爸爸媽媽剛開始並不是經常吵架，再來他們就算是吵也不會持續太久；像前兩年會吵到讓媽媽離家出走，或是像昨天晚上居然吵到半夜，這樣的情況還是比較少的。想著想著，繽繽又開始擔心起來了。

她很想幫忙，很想讓爸爸媽媽不要再一直數落對方的不是，就算了吧，忘了吧，總之，繽繽很想讓爸爸媽媽趕快和好。

可是，該怎麼讓他們倆和好呢？

繽繽想呀想，有了一個好點子。

她跑到客廳，拉開電視機下面的置物櫃，開始拼命的翻找。

「寶貝，找什麼呀？」奶奶問。

「我想找幾張照片。」

「什麼樣的照片？」

「嗯，我也還沒想好，反正我想找幾張爸爸媽媽笑起來很開心的照片。」

「是學校裡又要做什麼報告嗎？」

有一次，陳老師要小朋友們找一些自己小時候的照片帶到學校，跟同學們分享自己的成長，那次繽繽也是翻箱倒櫃拼命找老照片，只不過當時為了避免相片簿被繽繽翻得太亂，奶奶也來幫忙。

現在奶奶又想幫忙了。奶奶把手上打了一半的毛衣放在一旁，就趕緊過來說：「我來幫你找。」

繽繽告訴奶奶，這一次不是為了學校裡的作業或是報告，是她自己想用照片做一個禮物，送給爸爸媽媽。

接著，繽繽就告訴奶奶自己的計畫。她打算把自己房裡一個放獎狀的相框拿下來，取出裡頭的獎狀，改放幾張照片，然後還要找一點空白的地方寫上「量大福大」四個字，暗示爸爸媽媽別吵了，還是趕快和好吧。

「『量大福大』……嗯，這句話不錯。」

「是陳老師說的，她還說，『寬恕是一種美德』，可是我覺得寫四個字比較簡單。」

奶奶覺得這個主意不錯，不但很願意幫繽繽一起找照片，還建議繽繽不要只找爸爸媽媽的照

片，最好是找爸爸媽媽和繽繽一家三口的照片，這樣可以暗示他們，要建立一個家不容易，應該要好好的珍惜。

「可是我們是一家四口呀！那應該找我們四個人在一起的照片才對呀。」繽繽說。

「沒關係啦，你們出去玩的照片比較多，還是找你們三個人的照片吧。」

在奶奶的幫忙下，一個特殊的相框很快就完成了；當然，之所以特殊，是因為裡頭的照片，包括「量大福大」那四個字，而且，這是繽繽和奶奶合作完成的，代表著祖孫倆共同的心意。

完成以後，繽繽特意把它放在電視機上；她認為這裡是最明顯的地方，不怕爸爸媽媽看不到。至少爸爸每天晚上一回到家，都會打開電視看看新聞。

差不多就在統統都布置好了之後沒多久，就聽到了鑰匙的聲音，繽繽趕快躲回房間去。

她想在房裡偷看爸爸媽媽的反應……

爸爸媽媽看到後，反應正如繽繽和奶奶所期望的那樣……很感動，同時也很不好意思（實際上是有一點尷尬，再加上一點慚愧所交織而成的表情）。

於是，兩個人果真就和好了。（其實，經過一天的冷靜和沉澱，他們倆本來就已經沒太大的火氣了，現在一看到這些照片以及「量

大福大」這四個字，就更好了。）

是啊，只要大家都還願意珍惜這個家，家人之間有什麼事是真正過不去的呢？

李樂淘的計畫

這天放學回到家，李樂淘一進家門，媽媽接過他的書包，朝他身上用力一嗅，馬上就皺著眉頭不滿的抱怨道：「又搞得一身臭汗回來！你每天到學校到底都在幹什麼啊！又是從早到晚跑來跑去是不是？你不累呀！」

「沒有啦……」

媽媽忽然緊張起來，「你沒鬧事吧？」

「沒啦……」李樂淘剛一這麼說，就想到今天被記了名字，不

知道明天陳老師會怎麼處理，所以又改口說：「只是一場小小的誤會。」

「什麼叫做小小的誤會？」媽媽更緊張了，「你又跟男生打架了？」

「不是啦，是跟女生……」

「什麼！你居然還會跟女生打架？你簡直是愈來愈不像話了！」

「不是啦！是那個女生先動手的，她先用本子丟我。」

「人家為什麼要用本子丟你？」

眼看媽媽又擺出一副大偵探要追根究柢的架勢，李樂淘只好努力解釋了一番。可是愈解釋愈糟，媽媽好像更加認定都是他的不對，於是又把他臭罵了一通。

這真的讓李樂淘感到很不服氣，至少跟林齊繽之間，他不覺得自己今天做錯了什麼，是她今天好像吃了炸藥，嚇死人了，不過……李樂淘忽然想到李家富，心情就有一點不安了，明明知道李家富不喜歡自己的髮型，還偏偏要當著同學的面說小平頭很難看，好像真的是自己不對……

唉，怎麼辦呢？

媽媽訓話訓得很起勁，但其實李樂淘根本就沒在聽，一直在想自己的心事。

「明天……李家富會不會就不理我了？我該怎麼向他道歉，讓他消氣？」李樂淘一直在這麼想……

終於，媽媽注意到李樂淘表情死板，目光呆滯，一副已經神遊天外天的樣子，非常生氣的大吼一聲：「喂！我在跟你說話，你到底聽到了沒有？」

李樂淘回過神來，趕緊說：「聽到了，聽到了。」

「那我剛才在說什麼？」

「還不是叫我以後要乖一點，去學校是為了學習，又不是要跟同學打鬧，對吧！」

反正媽媽每次說來說去都是這些差不多的話啦。

「你這個小孩喔，真麻煩！好了好了，快去把衣服換下來吧，髒死了。」

過了一會兒，李樂淘換好衣服，跑到媽媽身邊，非常乖巧的問：「媽咪，你有沒有什麼東西要買的？我幫你跑腿。」

「這麼好啊，」媽媽很警覺，「是不是又想趁機買零食？」

「不是啦，我就是想孝順你嘛。」李樂淘甜甜的說。

正好洗衣粉快沒了，媽媽心想，兒子願意主動做一點家事總是好事，於是就要李樂淘去旁邊的超市買一袋洗衣粉回來，還交代李樂淘一定要把找回來的錢收好。

「會啦，不過，買好洗衣粉，我還想……」

他還想做一件事，這其實才是他現在想出去的原因。

最美的心靈

第二天，李樂淘一到學校，才剛走進教室，就立刻引起一陣轟動。

大家看到他，都先愣了一下，然後就笑出來了。有的同學一手捂著嘴，一手指著李樂淘，笑得很開心。

李樂淘也不管，直接走到李家富的面前，看著他，低聲的說：「哎，對不起啦，別生氣了。」

「你……」李家富呢，看著李樂淘，一時之間還真不知道該說什麼才好。

李樂淘今天整個人都變啦，看起來簡直就像是一個「新同學」，讓人認不得了！

一夜之間，李樂淘竟然能夠有這麼大的變化，完全是因為他的髮型變了；昨天還是可愛的洋蔥頭，今天卻忽然變成和李家富一樣的小平頭！

「是你爸爸把你拉去剪的？」

「不是啦，是我自己剪的。哎，怎麼啦！」李樂淘臉紅紅的，有一點不好意思，也有一點擔心。

李家富伸手輕輕捶了李樂淘一下，笑著說：「你傻瓜呀，幹嘛要這樣啊！」

國語
由巨繞茂
蟋蟀爍號
聯絡龜鐵

他知道李樂淘明明不喜歡小平頭。

當然，兩個人就這樣和好啦。

在教室另外一頭呢，是繽繽和巧慧。

兩人異口同聲：「我有話要跟你說……」

停頓了一下，兩人又同時說：「對不起……」

再度停頓之後，繽繽搶著說：「你先說好了。」

「好，我先說……請你不要生氣……」

說完以後，巧慧覺得壓在心頭的那塊大石頭終於放下了，現在，就看繽繽的反應了。

繽繽的反應完全出乎巧慧意料之外。她一點也不激動，也不生氣，反而說：「這樣也好，我本來還擔心要是我去向老師自首的話，老師會怪你，現在你已經說了，就沒關係了。」

這麼一來，巧慧終於可以放輕鬆了！因為她知道她們倆還是好朋友。

「我昨天晚上一直好擔心哦，」巧慧說：「我好怕你會怪我去向老師告狀，然後就不理我了。」

「怎麼會，你是班長嘛，奶奶也說是我不好，說我應該向你道歉。奶奶還說我應該去跟李樂淘道歉，因為我不該先朝他扔本子。」

說著，繽繽的視線就開始尋找李樂淘，可是找了好一陣子都找不到，起先繽繽以為是因為李樂淘換了髮型，所以才不好找，過了一會兒才確定李樂淘的確不在教室裡。才一眨眼的功夫，李樂淘已經跟李家富一起跑出去玩了。

「等他回來以後再說吧。」繽繽說。

後來，關於昨天那場風波，陳老師好言好語跟小朋友們說了一番：

希望下次老師不在教室裡的時候，大家也能夠同樣的守規矩，特別是不要影響到別班的小朋友自習，這一次，被班長巧慧記了名字的同學，老師暫且先不追究，希望大家以後要多多注意。

在陳老師感覺提醒得差不多了以後，忽然跟小朋友們說：「好了，我們現在來說一點別的事。我先問你們，如果你現在摔傷或是被燙傷，身上留下了一個疤，你覺得在你長大以後，這個疤會跟著長大嗎？」

小朋友們七嘴八舌，有的說「會」，有的說「不會」。

陳老師說：「我想跟你們說一個故事，這是一個發生在老師身上的真實故事，主人翁是一個美麗的女孩，她的名字就叫做美麗，不過，她不只是人長得很美，她的心更美……」

稍後，在說完美麗和自己的故事以後，陳老師說：「我昨天晚上和美麗分開以後，一直在想，也許美麗那道疤並沒有變大，而我之所以會覺得變大的原因，一方面可能就像美麗所說的那樣，是因為我們見面機會太少，我沒看習慣，所以覺得很大，另外一方面呢，我覺得也許是我自己的愧疚感，才會讓這個疤在我的眼裡看起來變得好大好大……」

陳老師告訴小朋友，當我們心裡有愧疚的時候，逃避不是辦法，應該趕快誠懇的向對方道歉，尋求原諒，這樣我們的內心才有機會得到平靜。此外，當別人來向我們道歉的時候，甚至不管別人來不來道歉，只要我們能真誠的原諒別人，那你也會擁有一個最美的心靈，以及內心最大的平靜。

「就像我的朋友美麗一樣。」陳老師說。

看著小朋友們似懂非懂的神情，陳老師心想，沒有關係，只要孩子們現在聽進去了，就算他們現在年紀還小，不太能夠理解，但是等他們將來長大以後，慢慢就會懂了。

國家圖書館出版品預行編目資料

藏在心裡的疤／管家琪著；郭莉蓁圖. -- 初版. --
臺北市：幼獅文化事業股份有限公司, 2021.04
112 面；14.8×21公分. -- (故事館；70)
ISBN 978-986-449-225-1(平裝)

863.596　　110003806

・故事館070・

藏在心裡的疤

作　　者＝管家琪
繪　　者＝郭莉蓁
出 版 者＝幼獅文化事業股份有限公司
發 行 人＝李鍾桂
總 經 理＝王華金
總 編 輯＝林碧琪
主　　編＝沈怡汝
副 主 編＝韓桂蘭
編　　輯＝謝杏旻
美術編輯＝李祥銘
總 公 司＝10045臺北市重慶南路1段66-1號3樓
電　　話＝(02)2311-2832
傳　　真＝(02)2311-5368
郵政劃撥＝00033368

印　刷＝錦龍印刷實業股份有限公司
定　價＝280元
港　幣＝93元
初　版＝2021.04
書　號＝984260

幼獅樂讀網
http://www.youth.com.tw
幼獅購物網
http://shopping.youth.com.tw
e-mail:customer@youth.com.tw

行政院新聞局核准登記證局版臺業字第0143號

幼獅文化公司／讀者服務卡／

感謝您購買幼獅公司出版的好書！
為提升服務品質與出版更優質的圖書，敬請撥冗填寫後（免貼郵票）擲寄本公司，或傳真（傳真電話02-23115368），我們將參考您的意見、分享您的觀點，出版更多的好書。並不定期提供您相關書訊、活動、特惠專案等。謝謝！

基本資料

姓名：………………………………先生／小姐

婚姻狀況：□已婚 □未婚　職業：□學生 □公教 □上班族 □家管 □其他

出生：民國…………年…………月…………日

電話：（公）…………（宅）…………（手機）…………

e-mail：…………………………

聯絡地址：…………………………

1.您所購買的書名：**藏在心裡的疤**

2.您通常以何種方式購書?（可複選）：□1.書店買書 □2.網路購書 □3.傳真訂購 □4.郵局劃撥 □5.團體訂購 □6.其他

3.您是否曾買過幼獅其他出版品：□是，□1.圖書 □2.幼獅文藝
□否

4.您從何處得知本書訊息：（可複選）□1.師長介紹 □2.朋友介紹
□3.幼獅文藝雜誌 □4.報章雜誌書評介紹…………報
□5.DM傳單、海報 □6.書店 □7.廣播(　　　　)
□8.電子報、edm □9.其他…………

5.您喜歡本書的原因：□1.作者 □2.書名 □3.內容 □4.封面設計 □5.其他

6.您不喜歡本書的原因：□1.作者 □2.書名 □3.內容 □4.封面設計 □5.其他

7.您希望得知的出版訊息：□1.青少年讀物 □2.兒童讀物 □3.親子叢書
□4.教師充電系列 □5.其他

8.您覺得本書的價格：□1.偏高 □2.合理 □3.偏低

9.讀完本書後您覺得：□1.很有收穫 □2.有收穫 □3.收穫不多 □4.沒收穫

10.敬請推薦親友，共同加入我們的閱讀計畫，我們將適時寄送相關書訊，以豐富書香與心靈的空間：

(1)姓名…………e-mail…………電話…………
(2)姓名…………e-mail…………電話…………
(3)姓名…………e-mail…………電話…………

11. 您對本書或本公司的建議：

廣　告　回　信
台北郵局登記證
台北廣字第942號

請直接投郵　免貼郵票

10045 台北市重慶南路一段66-1號3樓

幼獅文化事業股份有限公司

請沿虛線對折寄回

客服專線：02-23112832分機208　傳真：02-23115368

e-mail：customer@youth.com.tw

幼獅樂讀網http：//www.youth.com.tw

量大福大